ÉLOGE FUNÉBRE

DE

MONSIEUR LE PRÉSIDENT

DE MONTESQUIEU.

. . . . Monumenta doloris
Exigua ingentis. . . . .

Virgil. Æneid. lib. 9.

M. DCC. LV.

ELOGE FUNÈBRE

DE

Mᴿ. LE PRÉSIDENT

DE MONTESQUIEU.

O FRANCE, prens le deuil! Il n'eſt plus ce Grand homme,
Par qui tu ſurpaſſois Athène, Londre, & Rome;
Cet Oracle du Goût & de la Vérité,
Ce Pere, cet Ami de la Société;
Ce Héros citoyen, ce reſpectable Sage
Qui ſeul, peut-être, a ſçu, par un rare aſſemblage,
Pour inſtruire à la fois & charmer l'univers,
Joindre à mille vertus mille talens divers.
Il n'eſt plus ! Mais le Sort qui termina ſa vie,
Au moins, en déſarmant l'impitoyable Envie [1];
Permet à ton amour, pour calmer tes douleurs,
D'honorer ſon tombeau, de le joncher de fleurs;
Et, dans le juſte accès du zèle qui t'enflamme,
D'oſer enfin tout haut célébrer ſa grande ame.

[1] *Urit enim fulgore ſuo qui pregravat artes*
Inſidſe poſitas : extinctus amabitur idem.

Horat. Epiſt. lib. II. epiſt. I.

Il est encore un Temple [2] élevé par ſes mains,
Qu'il conſacra lui-même au bonheur des humains.
Les contours élégans, l'ordonnance légère,
Tout annonce à nos cœurs le Dieu qu'on y révère.
C'eſt là qu'en ſes loiſirs, ſur un ſi noble ton,
Tendre, galant, ſenſible, & grand comme *Platon*,
Des plus doux ſentimens il nous vantoit les charmes;
Et chantoit la Beauté, le Plaiſir & ſes larmes.

Loin des antres du Nord, ſéjour des noirs frimats;
Loin d'arides déſerts & de brûlans climats,
Au ſein d'une contrée, où regne l'Abondance,
Sous le ciel le plus doux, habite un Peuple immenſe,
Capricieux, ſenſé, vif à la fois & lent,
Son caractère eſt prompt, modéré, pétulant.
Sémillant, enjoué, tendre, aimable & volage,
C'eſt l'enfant de l'Amour, c'eſt ſa brillante image,
Réfléchi, diſſipé, ſolide, inconſéquent,
Il penſe par inſtinct, & par accès il ſent.
Fier à la fois & doux, prévenant, intraitable,
Son eſprit eſt changeant, ſon cœur invariable.
Propre à tous les talens, & né pour tous les arts,
Prudent & courageux, bravant tous les hazards;
Avide de plaiſirs, de gloire, & de fatigues,
Il cherche le repos, la guerre, & les intrigues.
Des fortes paſſions n'éprouvant point l'accès,
Des vices, des vertus il ignore l'excès.
Trop altier pour deſcendre à d'indignes baſſeſſes,
Il n'a que des défauts, ou plutôt des foibleſſes.

[2] Le Temple de Gnide, chef-d'œuvre de goût & de ſentiment.

Essentiel, frivole, & plein d'humanité ;
La Nature le fit pour la société.
Le voilà cependant ce Peuple respectable ,
Que l'Étranger décrie & nous peint si coupable ;
Usbek [3], qui ne songeoit qu'à le rendre meilleur ,
Sçut mieux apprécier son esprit & son cœur.
Fléau du Pédantisme & de l'Afféterie ,
Montaigne [4], Auteur charmant, honneur de ta patrie ,
Accours de l'Elysée en ces terrestres lieux :
Viens voir , à la faveur d'un masque ingénieux ,
Egayant, comme toi , sa morale profonde ,
L'un de tes descendans , sage au sein du grand monde ;
Du François, qu'il amuse & peint de ses couleurs ,
Honnir le ridicule , & corriger les mœurs.
O d'un Livre immortel [5] cher & brillant augure !
Livre à jamais l'amour de toute la nature !
Livre de tous les temps & de tous les pays ,
Qu'on vante à Londre , à Rome , à Pekin , à Paris !
Code des Nations dans la paix , dans la guerre ,
Et gage précieux du bonheur de la terre !
O Citoyen vraîment utile & généreux ,
Tu n'étois fortuné qu'en nous rendant heureux !

Tel qu'un chéne, ornement d'un bois antique & vaste,
Fier d'un feuillage épais qu'il étale avec faste ,
Oppose son tronc ferme & ses bras vigoureux
Aux efforts redoublés des ouragans affreux ;

[3] Les Lettres Persanes.
[4] M de Montesquieu étoit de la famille du fameux Michel de Montaigne , auteur des *Essais*.
[5] Tout le monde a pu appercevoir , dans les *Lettres Persanes* , le germe de *l'Esprit des Loix*.

Les bucherons en vain , de leur hache tranchante,
Ebranlent à l'envi sa tête menaçante ;
Plus orgueilleux encor, frappé de mille coups,
Il relève son front , en bravant leur courroux ;
Tel fut ce Peuple Roi , si fameux par la guerre ,
Et si sçavant dans l'art de gouverner la terre ;
Doux avec les vaincus , fier avec les vainqueurs ,
Si grand dans ses succès, plus grand dans ses malheurs,
Humilié , défait , à mille maux en butte,
Et paroissant toucher au moment de sa chûte ,
Sa valeur l'appelloit à des dangers nouveaux ,
Et faisoit à ses pieds tomber tous ses rivaux.
Pour peindre dignement sa majesté suprême,
Sans doute il falloit être aussi grand que lui-même :
Pour peindre ses vertus avec tout leur éclat ,
Il falloit être, au moins, CORNEILLE OU SEEONDAT.
Dans leurs écrits divins , que l'univers adore ,
Son caractère altier vit & respire encore.
L'un , aidé de ces traits qu'il puisa dans son cœur ,
Le fit penser , agir , parler avec grandeur :
Peut-être les Romains n'ont jamais dans l'histoire,
Avec moins de défauts , brillé de tant de gloire.
L'autre , au feu de *Corneille* , à sa sublimité ,
Joignit plus de justesse & plus de vérité :
A l'esprit créateur & profond dans ses vues ,
Il osa marier les Graces ingénues ;
A le voir des ROMAINS [6] peser les intérêts,
Développer leur ame , & sonder leurs projets,

[6] CONSIDERATIONS SUR LES CAUSES DE LA GRANDEUR DES RO-
MAINS ET DE LEUR DE'CADENCE.

Crayonner à nos yeux la République entière ;
De ſes deſtins divers dévoiler le myſtère,
De tous ſes citoyens & de tous ſes héros
Analyſer ſi bien les vertus , les défauts ,
Nous tracer ſon berceau, ſes progrès , ſa puiſſance ,
Sa gloire, ſon déclin, ſa prompte décadence ;
Toujours placer la cauſe à côté de l'effet,
Et paroître ſans ceſſe égal à ſon ſujet ;
On diroit que les Dieux , par pitié pour notre âge ,
Lui fiſſent d'un Romain entendre le langage :
Et qu'échappé des lieux qui nous dévorent tous ,
Il revint un inſtant converſer parmi nous.

O TENDRESSE de pere ! ô vertueux deſſein !
L'auguſte Humanité , qu'il porte dans ſon ſein,
De SECONDAT bientôt occupe l'ame entiere [7] :
Pour elle ſon amour & l'inſpire, & l'éclaire.
Politique profond , ſçavant Légiſlateur ,
Du monde, qu'il inſtruit, il eſt le bienfaiteur.
Il remonte au principe : Et, d'une touche ſure ,
Il peint l'Homme ſortant des mains de la nature ;
L'offre à ſes propres yeux en ſes divers états,
Sauvage dans les bois , & féroce aux combats ,
Indépendant, ſoumis : dans l'enceinte des villes
A la ſociété conſacrant des aſyles :
Adouciſſant ſes mœurs, ayant beſoin de loix ,
Et, pour ſon plus grand bien , reconnoiſſant des Rois.
De ſon cœur brut encor, de ſa raiſon naiſſante,
Il lui retrace ainſi l'hiſtoire intéreſſante :

[7] L'ESPRIT DES LOIX.

Et lui fait voir comment, de l'abus du Pouvoir,
Naquit, avec les Loix, la regle du Devoir :
Comment, par les liens d'une étroite alliance,
Las de leur liberté, de leur indépendance,
Et pour se procurer un destin plus heureux,
De leurs droits primitifs sont déchus ses ayeux.
Ainsi de MONTESQUIEU le sublime génie,
Des loix des nations saisissant l'harmonie,
Découvrit, le premier, dans leurs relations,
Leur essence analogue, & leurs distinctions :
Et lui seul, combinant leurs effets & leurs causes,
Dans leur vrai point de vue osa voir toutes choses.

ELEVANT vers le ciel un œil audacieux,
Le cœur yvre d'orgueil, & d'un ton furieux :
» Non, Dieu [8] n'existe point, (dit souvent l'Incrédule),
» C'est un phantôme vain, absurde, ridicule.
» L'aveugle gratitude a fait les premiers Dieux :
» De mille autres la crainte à sçu peupler les cieux [9].
» Au milieu des éclairs, des feux, & du tonnerre,
» Un terrible ouragan vint ébranler la terre :
» Des causes aux effets ignorant le rapport,
» Les humains effrayés, envisageant la mort,
» Crurent qu'un Dieu puissant (quels pensers sont les nôtres!)
» Etre particulier, gouvernoit tous les autres,
» Et de l'humanité grossissant tous les traits,
» On pensa voir en lui des attributs parfaits ;
» On le fit éternel, intelligent, immense,
» Libre, étendant à tout sa sage providence :

[8] *Dixit insipiens in corde suo : Non est Deus.* ps. 13 selon la Vulg. & 14 selon l'Héb.

[9] *Primus in orbe Deos fecit timor.* . . . . . . Lucret. de Rerum natura.

» Malgré tous ces vains noms, son pouvoir limité
» N'en obéit pas moins à la *Nécessité*.
» Cet Etre, sans égard à ses vertus morales,
» Suit la direction des régles générales :
» Éternelles, ces loix n'ont pas besoin d'auteur ;
» Tout est, fut, & sera, *par soi*, sans créateur.
» Dieu, c'est l'Etre absolu, l'immensité des choses,
» Le résultat total des effets & des causes ;
» Mû lui-même, & moteur, mobile, & mouvement ;
» Il est l'acte à la fois, l'agent & l'instrument.
» *De l'univers entier la superbe ordnnance*
» *De son Auteur (dit-on) démontre l'existence ;*
» *Tout ordre annonce à l'homme un être intelligent ;*
» *Tout effet une cause, & tout acte un agent.*
» Moi, je ne vois par-tout, à travers mille voiles,
» Dans l'ordre des saisons, dans le cours des étoiles,
» Dans tous les corps voisins, dans leur variété,
» Que les *effets constans de la Fatalité.* «
'Ainsi parloit l'Impie. Epris de son systême,
Il croyoit follement anéantir Dieu même ;
Indépendant alors, & libre en ses desirs,
Le Remords paroissoit respecter ses plaisirs :
Tranquille sur la foi de sa vaine sagesse,
Son ame s'endormoit au sein de la mollesse.
L'ESPRIT DES LOIX [10] paroît : Et, dévoré d'ennui,
L'Incrédule se trouble, & se taît devant Lui.
Comme l'on voit, ému d'une fureur soudaine,
Tout un peuple souvent faire éclater sa haine ;

[10] Voyez l'*Esprit des Loix*, liv. I. chap. N

La révolte par-tout lève ses étendards:
Mille traits, mille feux, volent de toutes parts:
De ses rois, de ses dieux, séjour, autel, image,
Rien n'est sacré pour lui dans l'excès de sa rage ;
Qu'au milieu du tumulte, un Homme vertueux
De sang-froid, tout à coup, se présente à ses yeux:
Chacun, à son aspect, laisse tomber les armes,
Et la paix, à l'instant, succéde à ces allarmes.
Aussi grand, aussi ferme, on a vu Montesquieu
Confondre, en se montrant, les Ennemis de Dieu.

Quoi ! Montesquieu n'est plus ! Et ces Monumens rares,
Qui braveront du Temps les outrages barbares,
Où brillent à l'envi son esprit & son cœur,
De cet Auteur profond, de cet Homme enchanteur,
De ce vrai Patriote (ô souvenir funeste !)
Voilà tout ce qui vit, & tout ce qui nous reste !
Des Grands hommes, ô ciel ! voilà donc le destin !
Ainsi que le Vulgaire, ils ont donc une fin !
O Mort ! tout est soumis à ta faulx redoutable !...
Pleurez, François, pleurez sa perte [11] irréparable,
Gémissez, ô Mortels, dont la Félicité
A consumé ses soins, ses jours, & sa santé ;
Ah ! trop payé sans doute, & trop heureux Lui-même,
D'avoir vécu pour Vous jusqu'au moment suprême !

[11] M. DE MONTESQUIEU est mort à Paris, le 10 février 1755, dans sa soixante-cinquième année.

E P I L O G U E.

A Paris, cette ville unique,
Où regnent les colifichets
Avec le goût philosophique ;
Où parmi les *cabriolets*
Le *persifflage* & les *ballets*,
Triomphe l'Esprit méthodique ;
Au fond du fauxbourg saint ***,
Sur les confins de la barrière ,
En fort bon air, sous un beau ciel ,
Près d'un jardin très-salutaire ,
Loge paisiblement, en son petit châtel ,
Sans pont-levis, sans tours, & sans fossés de pierre ,
Certain Sage , ou soi-disant tel ,
Sensible sans apprêts , misantrope sans fiel ;
Par hazard dissipé , par état solitaire ;
Content du peu qu'il a , parce qu'il sçait jouir ;
Ennemi foible , ami sincère ;
Indulgent pour autrui, pour lui-même sévère ;
Fuyant l'oisiveté , mais cherchant le loisir ;
Qui détesta toute sa vie
Ces Sophistes du sentiment ,
Dont les sens privés d'énergie ,
Le cœur blasé, l'ame flétrie,
Languissent si nonchalamment
Dans une indigne léthargie ;

Par système , ou par préjugé,
    Peut-être par humeur trop fière,
De tout joug importun dès longtemps dégagé ;
Ne se piquant d'avoir , grace à son caractère,
    Ni protecteur, ni protégé ;
    Peu flatteur, encor moins caustique ;
Epris de tous les goûts, mais sans prétention ;
Et tâchant d'allier , par un caprice unique,
Et la folâtre Rime, & l'austère Raison,
    Les Vers, & la Métaphysique ;
Honnête homme par choix, & par complexion ;
Et dont l'ame eut toujours pour règle invariable
    Cette Fierté noble, estimable,
    Digne, en effet, des plus grands cœurs,
    Gardienne sure & respectable
    De nos vertus & de nos mœurs.
Tel est, en peu de traits, l'Admirateur sincère
    Du plus Grand de tous les Mortels;
Tel est, au vrai, Lecteur, le Chantre téméraire
D'un Philosophe aimable, & digne des autels.

FIN.

Pour Madame Favart,
De la part de l'auteur
Son très-humble et très-obéissant
Serviteur et admirateur
Lefebvre de Beauvray